Benvenuta a bordo!

Commedie in italiano

Flagrante delirio

Miracolo nel convento di Santa Maria Giovanna

Prognosi riservata

Strip-Poker

Un drammaturgo sull'orlo di una crisi di nervi

Un piccolo omicidio senza conseguenze

Venerdì 13

JEAN-PIERRE MARTINEZ

Benvenuta a bordo!

Traduzione di Annamaria Martinolli

La Comédiathèque
comediatheque.com

Personaggi

I giovani:
Natalia, *direttrice*
Roberto, *medico*
Cristiana, *figlia di Bianca*
Domenico, *compagno di Cristiana*
Carolina, *aiuto infermiera*

Gli anziani:
Bianca, *nuova ospite della RSA*
Onorato, *ospite della RSA*
Claudio, *ospite della RSA*
Enrichetta, *ospite della RSA*
Maria Sole, *ospite della RSA*

© La Comédiathèque
ISBN 978-2-37705-888-4

Mattina

Un salone la cui mobilia consiste per lo più in quattro poltrone e un tavolino, il tutto con l'aria di una sala d'attesa desueta. Due personaggi, tra i quaranta e i cinquant'anni, Domenico e Cristiana, sono in paziente attesa. Domenico controlla le mail sullo smartphone, mentre Cristiana sfoglia nervosamente una rivista presa a caso dal tavolino.

Cristiana – Spero davvero che ce la prendano perché altrimenti non sappiamo più che pesci pigliare…

Domenico – Ne parli come un animale da scaricare in un canile prima di partire per le vacanze.

Cristiana – Mi sa proprio che un canile è più facile da trovare in questa zona… E comunque costa di sicuro meno, perché nel settore privato… No, dico sul serio, questa è la nostra ultima possibilità… se va male, siamo fregati.

Domenico – Beh, ci sono pur sempre altre case di riposo.

Cristiana – Ma se l'hanno sbattuta fuori da tutte quelle presenti nel raggio di cinquanta chilometri! Non possiamo mica ricoverarla in un rifugio in montagna! Ti rendi conto delle ore di viaggio per andarla a trovare?

Domenico (*continuando a digitare sullo smartphone*) – Mmm…

Cristiana – Ce la fai a staccarti un attimo da quel coso? Mi sembra di parlare con mia madre!

Domenico – Tua madre ha uno smartphone?

Cristiana – Lei, figurati… Quando uno le parla ha l'aria dello zombie anche senza quell'aggeggio.

Domenico, con dispiacere, si rimette lo smartphone in tasca. Si guarda un po' attorno e sembra interessarsi all'ambiente.

Domenico – Non sembra male qui!

Cristiana – Non ci è rimasta poi molta scelta, comunque.

Domenico – Cosa ti ha detto la direttrice? Che c'è posto?

Cristiana – Mi ha detto solo che siamo in lista d'attesa… ma che purtroppo spera che presto se ne liberi uno.

Domenico – Purtroppo?

Cristiana – Ah, mi raccomando, niente brutte figure, eh? È una residenza cattolica. Non sono integralisti, ma comunque… meglio giocarci bene tutte le possibilità che abbiamo.

Domenico – Come no… quindi meglio non dire che tua madre è ebrea.

Cristiana – Ma se nemmeno se lo ricorda! E poi nessuno in famiglia è mai stato molto praticante.

Domenico – Sta di fatto che non credo se lo sarà dimenticato. È una cosa difficile da scordare.

Cristiana (*secca*) – E io ti dico che non se lo ricorda!

Entra Natalia, la direttrice, tra i trenta e i quarant'anni. Look da borghese cattolica un po' sussiegosa.

Cristiana – Buongiorno, signora direttrice!

Natalia – Scusatemi per l'attesa.

Cristiana – No, assolutamente… Le presento Domenico, il mio… amico.

Domenico stringe la mano di Natalia con una gentilezza un po' forzata.

Natalia – Natalia Pio.

Domenico – Come il verso del pulcino?

Natalia – No, come Padre Pio.

Domenico – Ah, certo, sicuro.

Cristiana lo guarda, costernata, e si affretta a parlare dell'argomento che le sta a cuore.

Cristiana – In questo caso, forse ha ascoltato le nostre preghiere… Spero sia venuta a darci buone notizie…

Natalia – Sì, sì, non si preoccupi… Ecco, veramente quando dico buone notizie… Come si usa dire: *Mors tua vita mea.*

Cristiana – Mi toglie un peso dallo stomaco… La ringrazio per la possibilità che sta dando a mia madre.

Natalia – Certo, è vero che la signora è un tipo un po'… energico, ma comunque alla sua età è sempre meglio del contrario, no?

Domenico – Ai tempi dei miei genitori, non era affatto così. Erano molto più… docili. Insomma… sarà la nuova generazione.

Natalia – Gli ultimi spiacevoli contraccolpi di marzo Sessantotto, mi sa.

Cristiana – Mi raccomando: dimostri fin da subito una certa fermezza. Mia madre deve capire con chi ha a che fare. Altrimenti, non riuscirà più a gestirla, mi creda.

Natalia – Stia tranquilla, siamo abituati… Dopotutto, è il nostro mestiere. La signora si troverà benissimo qui.

Domenico – Oh, non è per lei che siamo preoccupati, gliel'assicuro.

Natalia – Bene, direi che adesso potete farla accomodare…

Cristiana – Vai a prenderla tu, Domenico?

Domenico – Certo.

Cristiana – Allora, mi conferma che sarà accolta nella struttura già stasera?

Natalia – Se ha con sé i suoi effetti personali… Il resto lo potete sempre portare dopo.

Cristiana – Come immaginerà le avevamo già preparato la valigia, nel caso ce l'aveste tolta dai piedi subito… No, voglio dire… nel caso l'aveste accolta immediatamente.

Domenico ritorna reggendo con una mano una valigia e accompagnando con l'altra Bianca, una signora anziana.

Natalia – Bianca, è con piacere che le do il benvenuto nella RSA "I cipressi".

Bianca – Lo dicevo io che si sente puzza di cimitero.

Natalia (*gentile ma ferma*) – È opportuno che dimostri un certo giudizio se vuole restare con noi, cara signora! Dalla lettura della sua cartella mi è parso d'intuire che ha un carattere un po'… infiammabile.

Cristiana – Hai sentito cosa ti ha detto, mamma?

Domenico – Che non le venga in mente di dare fuoco ai "Cipressi" come ha fatto con "Le querce"! (*A Natalia*) È il nome della casa di riposo che l'ha cacciata per ragioni disciplinari.

Natalia resta un attimo interdetta, Cristiana fulmina Domenico con lo sguardo.

Cristiana – La sua responsabilità nel principio d'incendio non è mai stata ufficialmente dimostrata, ma comunque… basta impedirle di giocare coi fiammiferi.

Natalia – Grazie per avermelo specificato, sta di fatto…

Cristiana – Oh, ma vedrà, sa anche essere molto gentile, socievole e spiritosa, ogni tanto.

Domenico – L'umorismo è una dote importante.

Cristiana – La lascerà a bocca aperta.

Natalia – Comunque siete stati fortunati… Un mese fa, non avrei avuto un posto libero. Mentre adesso se ne sono liberati tre di fila.

Cristiana – Davvero? Che cosa curiosa.

Natalia – Già. Sapete com'è: le disgrazie non vengono mai da sole. Che possiamo farci? Il Signore ha deciso di richiamarli a sé.

Domenico – Speriamo che anche lassù non sia già tutto pieno!

Cristiana lo fulmina con lo sguardo.

Natalia – Anche San Pietro ha le sue liste d'attesa per i casi problematici… Noi lo chiamiamo purgatorio.

Bianca – Io credevo si chiamasse "I cipressi".

Cristiana – Mamma, non ti lamentare, questa è una RSA.

Natalia – Allora, Bianca, sua figlia mi ha detto che lei è attrice… No, beh, voglio dire… che lo era prima.

Cristiana – Attrice, ha proprio detto bene… E purtroppo, in parte, lo è ancora oggi.

Domenico – Diciamo che adesso anche nella vita quotidiana tende a scordarsi un po' le battute, vero Bianca?

Bianca – Quindi se crepo non potrò essere sepolta con gli altri?

Cristiana – Mamma, che discorsi fai?

Bianca – A me risulta che i cattolici non accettano di seppellire gli attori nei loro cimiteri, o sbaglio?

Natalia – Vede, Bianca, la Chiesa si è molto evoluta su questa faccenda… e anche su molte altre… Adesso pensiamo che anche un pessimo attore possa essere un bravo cattolico.

Bianca – Anche se è ebreo?

Domenico – Oh insomma, Bianca, qui non si sta parlando di sepoltura, almeno per adesso.

Cristiana – E poi sei ebrea solo da parte di padre, non conta.

Bianca – A me risulta che la Gestapo, durante la guerra, la pensasse diversamente.

Cristiana – Non le dia retta, ha passato la guerra in campagna, nella fattoria della nonna materna. Gli unici nazisti che ha visto sono quelli in TV, nel *Grande Dittatore* di Chaplin, ma deve sempre esagerare, sa come sono fatti gli attori…

Bianca (*a Natalia*) – Lei non è della Gestapo?

Cristiana – Mamma, finiscila! Lo vedi benissimo che è una donna normale. E sono sicura che in una situazione d'emergenza, se necessario, non ti rifiuterà l'estrema unzione!

Domenico – Senza contare che lei, Bianca, è in formissima!

Cristiana – Appunto, ci seppellirà tutti quanti!

Attimo di silenzio imbarazzato.

Domenico – Beh, allora tutto a posto.

Cristiana – Sì, ecco, direi anch'io…

Domenico – Credo possiamo anche andare, no? Prima che la direttrice cambi idea…

Cristiana – Adesso che sappiamo che mia madre è in buone mani…

Natalia – Non vi preoccupate, andrà tutto bene.

Cristiana – Certo. Beh, allora ciao mamma. Torneremo presto a trovarti.

In preda a una forte emozione, malgrado tutto, abbraccia la madre. Domenico fa lo stesso.

Domenico – Arrivederci, Bianca, e si comporti bene.

Cristiana (*a Natalia*) – Grazie ancora… e a presto.

Cristiana e Domenico escono con discrezione. Bianca li guarda uscire, impassibile. Poi si rivolge a Natalia.

Bianca – Chi era quella tizia? E perché mi ha chiamato mamma?

Natalia la guarda in leggero imbarazzo.

Natalia – Andiamo, Bianca, lo sa anche lei. È Cristiana, sua figlia.

Bianca – Certo che lo so, tesoro, ti stavo prendendo per il culo!

Natalia (*sollevata*) – Venga con me, le mostro la sua stanza.

Natalia prende la valigia e si avvia.

Bianca – Quell'altro, invece, con la faccia da finto tonto, non mi dice nulla… Davvero mia figlia sta con un tizio del genere?

Natalia le lancia un'occhiata, chiedendosi se sta di nuovo scherzando oppure no. Escono insieme.

Enrichetta, un'anziana, entra con passo lento oppure con un deambulatore. Si siede su una poltrona e inizia a sfogliare la rivista "Focus". Arriva un altro anziano, Claudio, anche lui in stato pietoso.

Enrichetta – Ciao, Claudio. Come va?

Claudio – Ah, mia povera Enrichetta, lo sai come si dice: superati gli ottanta, se una mattina ti svegli e non senti nessun dolore, significa semplicemente che sei morto.

Enrichetta – Hai ragione, purtroppo… A proposito, hai saputo di Adele?

Claudio – Adele? No, le è successo qualcosa?

Enrichetta – Direi proprio di sì… e sarà anche l'ultima che le succederà. È morta!

Claudio – No? È morta Adele?

Enrichetta – Nel sonno… L'hanno trovata stamattina nel suo letto, rigida come un pezzo di legno.

Claudio – Accidenti… e io che l'avevo vista giusto ieri sera. Le ho anche augurato buona notte!

Enrichetta – Beh, purtroppo non è stata affatto buona! Anzi, se per caso mi incontri stasera, per l'amor del cielo stai zitto!

Claudio – Oh, ma tu sei ancora giovane. Quanti anni hai adesso?

Enrichetta – Quasi ottantasei. Mi ci vuole ancora un po' per arrivarci, ma l'età è quella.

Claudio – Oh, ti credevo più giovane di me!

Enrichetta – Eh beh… prima o poi doveva capitare.

Claudio – Cosa?

Enrichetta – Di Adele! Aveva centotredici anni!

Claudio – Avevamo appena festeggiato il suo compleanno.

Enrichetta – E la torta era completamente nascosta dalle candeline.

Claudio – Che altro ci si può aspettare dalla vita a centotredici anni?

Enrichetta – A parte finire nel Guinness dei primati non saprei.

Claudio – Ma comunque, è un bello choc.

Enrichetta – Che vuoi farci, non siamo eterni.

Claudio – Non ancora, purtroppo.

Enrichetta – In che senso?

Claudio – L'hai letto quell'articolo sull'ultimo numero di *Focus*?

Enrichetta – Quale articolo?

Claudio – Quello sulle meduse che non muoiono mai.

Enrichetta – Meduse?

Claudio – Le Turritopsis Nutricula.

Enrichetta – Clavicola?

Claudio le prende la rivista dalle mani, cerca l'articolo e lo trova.

Claudio – Senti qua (*leggendo*): secondo gli scienziati, attualmente è l'unico essere vivente conosciuto per la sua immortalità. Questa medusa è in grado di riconfigurare le sue vecchie cellule convertendole in cellule nuove e mantenendo così un'eterna giovinezza. Sconosciuta fino a oggi, si sviluppa in acque profonde. Siccome non muore mai, si moltiplica in tutti gli oceani scatenando un panico soprannaturale nella comunità scientifica, al punto che un esperto ha dichiarato: "Il mondo deve prepararsi ad affrontare quest'invasione silenziosa".

Enrichetta – Un'invasione? E il tizio che avrebbe incontrato questi invasori come si chiama, Steven Spielberg?

Claudio – Ma ti rendi conto? Forse un domani, trapiantandoci uno o due geni di queste meduse, potranno renderci immortali!

Enrichetta – Oppure ci metteranno in una vasca in itticoltura per ottenere del sushi sempre fresco… A quanto pare i giapponesi vanno matti per il sushi a base di meduse.

Claudio – Dev'essere per questo che vivono così a lungo.

Enrichetta – Smettila di fantasticare, Claudio! Sono anni che ci ripetono che il sistema pensionistico è in deficit a causa del moltiplicarsi dei centenari! Per loro, gli invasori siamo noi! Noi vecchi! E secondo te ci trapianteranno delle cellule di medusa per farci vivere in eterno?

Claudio – Beh, sognare non costa nulla. Alla nostra età, non ci resta altro.

Enrichetta – Sognare di essere trasformati in ectoplasma… Una medusa, di preciso, a cosa assomiglia?

Claudio – Che?

Enrichetta (*alzando il tono*) – Una medusa, di preciso, a cosa assomiglia??

Claudio – È una roba molle, flaccida, con una pessima vista, un pessimo udito e molto irritante.

Enrichetta – Oh, in questo caso… Non perdere le speranze, Claudio, per te c'è ancora una possibilità! Forse te ne hanno già trapiantato un bel pezzo senza dirtelo.

Claudio – Santo cielo, Enrichetta, hai sempre la battuta pronta!

Enrichetta si rimette a leggere la rivista, mentre Claudio si accomoda in poltrona. Arriva un'altra anziana, Maria Sole, acciaccata quanto gli altri.

Enrichetta – Oh, è arrivata Maria Sole!

Claudio – Ciao, Maria Sole! Dormito bene?

Enrichetta – La nuova pettinatura ti dona molto.

Maria Sole – Che?

Enrichetta (*alzando il tono*) – La nuova pettinatura ti dona molto!! (*A Claudio*) È di un antipatico che non posso proprio vederla!

Claudio (*a Enrichetta*) – Lei, in compenso, non può proprio sentirti!

Maria Sole si toglie un auricolare che aveva nell'orecchio.

Enrichetta – Se poi si toglie anche l'apparecchio acustico, meglio non può andare.

Maria Sole – Non è un apparecchio acustico! È l'i-Pod che mi ha regalato mio nipote per il compleanno.

Claudio – Ah, certo.

Enrichetta – Cos'è un i-Pod?

Claudio – Che ne so.

Maria Sole – Che mi dite della nuova?

Enrichetta – Quale nuova?

Claudio – C'è una nuova?

Enrichetta – È successo qualcosa?

Claudio – Non succede mai niente qui.

Maria Sole – La nuova! La tipa che è appena arrivata!

Enrichetta – Ah, quella che prende il posto di Adele.

Maria Sole – Adele se n'è andata?

Enrichetta – Sì… in modo definitivo.

Claudio – E alquanto precipitoso.

Enrichetta – Non ha neanche avuto il tempo di avvisare la reception.

Claudio – Anche se era da un po' che aveva momenti di assenza.

Enrichetta – Ma in questo caso si è assentata del tutto.

Claudio – È morta.

Maria Sole – È morta Adele?

Claudio – Stanotte, pare… E pensare che l'ho vista giusto ieri sera… e le ho anche augurato…

Enrichetta – Eccola che arriva!

Maria Sole – La morta?

Claudio – La nuova!

Maria Sole – Come fate a sapere che è lei?

Enrichetta – Beh, caspita, perché non l'abbiamo mai vista!

Entra Bianca. Gli altri tre assumono un atteggiamento di cortesia un po' affettata.

Claudio – Buongiorno, benvenuta tra noi.

Bianca (*accigliata*) – Mmm…

Claudio – Perché non si siede anche lei un po' qui?

Mentre Claudio si alza per avvicinarle una poltrona, lei gli ruba il posto. Enrichetta e Maria Sole si scambiano uno sguardo preoccupato. Claudio si volta e si accorge del furto compiuto da Bianca.

Claudio – Ecco, veramente quello… è il mio posto.

Bianca – Non mi pare ci sia il suo nome sullo schienale.

Claudio resta disorientato, ma Bianca non si sposta.

Enrichetta – È la sua poltrona preferita.

Bianca – Oh certo, immagino che cambiare poltrona in una casa di riposo sia come cambiare sdraio sul Titanic.

Maria Sole – Io c'ero.

Bianca – Dove?

Maria Sole – Sul Titanic!

Claudio (*a Bianca*) – Attenta, se le dà spago non se ne esce più!

Enrichetta – Non si ricorda cosa ha mangiato a colazione, ma il naufragio del Titanic glielo può raccontare per filo e per segno!

Bianca (*a Maria Sole*) – Il Titanic… ma quanti anni aveva?

Maria Sole – Tre mesi. Sa, quando uno perde la memoria sono i ricordi più vecchi quelli che affiorano.

Enrichetta – Tra un anno o due sarà capace di raccontarle di quando sua madre l'ha partorita!

Bianca – E suppongo che sul letto di morte ci racconterà la notte di sesso dei suoi genitori.

Claudio – Ha mai sentito parlare delle meduse immortali?

Bianca – Le Turritopsis Nutricula?

Claudio (*a Maria Sole*) – Era su *Focus*. E rispondendo a tre domande sulle meduse, si può anche vincere una crociera. Beh, insomma, ovviamente fanno un'estrazione.

Maria Sole – Una crociera? In nave?

Bianca (*con ironia*) – Perché, la fanno anche in pullman?

Enrichetta guarda la rivista.

Enrichetta – Nuotare con le meduse… Non c'è che dire, è originale come crociera a tema… Qualcuno di voi sa nuotare?

Maria Sole – Io sarei contenta di andare di nuovo in crociera. La prima volta mi è piaciuto.

Bianca – La prima volta quando?

Maria Sole – Sul Titanic!

Entra un anziano molto elegante.

Onorato – Buongiorno a tutti! Signore, i miei omaggi mattutini…

A parte Bianca, gli altri tre, all'arrivo di questo bell'anziano un po' più in forma di loro che visibilmente non li lascia indifferenti, si animano.

Maria Sole – Buongiorno, capitano!

Onorato – Ah, ma vedo che abbiamo un visetto nuovo oggi… Mi presento: Onorato Di Novi.

Bianca – Bianca… di Vicenza.

Enrichetta – Se la mettiamo così… io sono Enrichetta di Bologna.

Onorato – Di Novi è il mio cognome.

Claudio (*servile*) – Onorato è un po' nobile.

Bianca – Io avrei detto soprattutto "mobile".

Onorato – Di cognome faccio Di Novi.

Bianca – Sì, ho capito! E mi ha già sfranto le nocciole… Di Novi!

Gli altri sembrano alquanto scioccati.

Enrichetta – Bianca, un po' di contegno, Onorato era capitano nell'esercito.

Maria Sole – Comandava una nave.

Onorato – Ero capitano in fanteria.

Bianca – Un militare… Ecco perché sembra meno malandato degli altri, non ha mai lavorato in vita sua.

Onorato – Mi sono ritirato dal servizio attivo a quarantotto anni. È uno dei vantaggi dell'esercito.

Bianca – E poi, in fondo, qui non è molto diverso dalla caserma, no?

Carolina, aiuto infermiera di una trentina d'anni, tipo super-bomba sexy in camicia bianca, entra nel salone.

Onorato – Carolina! Che piacere vederla. Anche se ogni volta la mia pressione ne risente.

Carolina – Oh, capitano, mi dispiacerebbe proprio spezzarle il cuore!

Onorato – Purtroppo arriva un'età in cui una frase di questo tipo ritrova il suo pieno significato.

Carolina – Vedo che si è già fatta degli amici, signora Bianca, mi fa piacere… Occuperà la stanza di… di un'ospite che purtroppo ci ha appena lasciati.

Bianca – Buon per lei… È riuscita a evadere?

Carolina – In un certo senso. Ha controllato di avere in camera tutto quello che le serve? Altrimenti, non esiti a chiedermelo.

Bianca – Ecco, veramente… avevo iniziato a scavare un tunnel ma sono finita contro una lastra di cemento… Non ce l'avrebbe un trapano elettrico?

Carolina – Caspita, credo proprio che non ci annoieremo con lei! Bene, è il caso che andiate a prepararvi per il pranzo. Manca poco ormai.

Bianca – Il pranzo? Sono le dieci e mezza! Ho appena bevuto il caffè!

Carolina – Il pomeriggio è per chi pranza presto. È il motto della nostra residenza.

Bianca – È un motto imbecille!

Maria Sole – Il pranzo lo servono a mezzogiorno.

Enrichetta – Alla nostra età, ci serve almeno un'ora per elaborare l'idea di mangiare… e una buona siesta di due o tre ore per digerire prima di cena.

Claudio – Le giornate non passano mai…

Onorato (*a Bianca*) – Che ne dice di pranzare al mio tavolo? Così faremo un po' di conoscenza.

Enrichetta – Al nostro tavolo?

Claudio – Al tavolo del capitano?

Onorato – Beh, visto che Adele ci ha lasciato, si è liberato un posto, no?

Maria Sole – Veramente… pensavo sarebbe toccato a me.

Claudio – Così era previsto.

Enrichetta – C'è una lista d'attesa.

Onorato – In questo caso, uno di voi cederà il suo posto a Bianca. È nostro dovere farle capire che tra noi è la benvenuta.

Gli altri rivolgono a Bianca uno sguardo assassino. Onorato le porge il braccio e lei, giusto per irritare gli altri, lo accetta.

Onorato – Permette?

Onorato esce dal salone con Bianca sottobraccio.

Enrichetta – Prima si frega la poltrona di Claudio, e adesso ci ruba il nostro posto al tavolo del capitano.

Maria Sole – A quanto dicono è un'ex attrice.

Enrichetta – E sappiamo benissimo cosa significa…

Claudio – Cosa significa?

Enrichetta – Un'attrice, andiamo!

Maria Sole – Prenderà il volo molto presto.

Gli ospiti si preparano a uscire dal salone quando Claudio, intento a risistemare la sua poltrona, trova qualcosa per terra.

Claudio – E questo cos'è?

Maria Sole – Fa' vedere!

Enrichetta – Non capisco…

Claudio – Forse un termometro usa e getta?

Enrichetta – No, è diverso da tutti gli oggetti che mi sono già dovuta infilare nel sedere.

Maria Sole – La temperatura non è neanche indicata.

Claudio – Non credo sia un vibratore!

Enrichetta – E se fosse un test di gravidanza?

Claudio – Oh, è vero!... Ci sono due barre.

Maria Sole – Due barre? Significa pagnotta in forno?

Enrichetta – E chi lo sa!

Claudio – È la prima volta che vedo un aggeggio simile.

Maria Sole – Ai nostri tempi, una donna si rendeva conto che la cicogna stava per scaricarle il fagotto senza bisogno di roba simile.

Claudio – Servirebbero le istruzioni per l'uso…

Enrichetta – O chiedere a qualcuno.

Claudio – Chi può mai essere incinta qui?

Maria Sole – In una casa di riposo, tiri giù trequarti del tabellone di *Indovina Chi?*

Enrichetta – A parte le aiuto infermiere e la direttrice…

Claudio – E il padre chi sarebbe?

Entra il medico, Roberto, un bell'uomo di una trentina d'anni con faccia da seduttore.

Roberto – Buongiorno a tutti… Come va stamattina?

Claudio – Me la cavo, dottore.

Roberto – E voi, signore? Che bel colorito roseo! Sembrate delle ragazzine! Qual è il segreto della vostra eterna giovinezza?

Maria Sole – Ci hanno trapiantato cellule di medusa.

Enrichetta – Non si avvicini troppo, potrebbe pungersi. Siamo molto urticanti…

Roberto – Come va con l'anca nuova, Enrichetta?

Enrichetta – Si tira avanti.

Roberto – Allora potremmo operare anche la seconda, che ne dice? In questo periodo, nella mia clinica, le anche artificiali sono in promozione. La seconda costa la metà. Ma dovete decidere in fretta, miei cari.

Maria Sole – Alla nostra età, sa com'è…

Enrichetta – È come sostituire i pezzi di un'auto scassata.

Claudio – Bisogna pensarci bene prima di lanciarsi in nuove riparazioni.

Enrichetta – Uno sostituisce i freni e la settimana dopo è il motore a fare le bizze.

Roberto – Miei cari, ma si vede benissimo che voi avete una macchina di grossa cilindrata! Siete carrozzati come una Ferrari!

Gli ospiti si mettono lentamente in marcia per uscire.

Maria Sole – Purtroppo, siamo piuttosto auto d'epoca che nessuno vuole più tirare fuori dal garage.

Enrichetta – Per paura che si guastino appena svoltato l'angolo della strada.

Claudio – Che vuole farci, ormai il nostro tempo è passato.

Enrichetta – E ancora siamo riusciti ad approfittare un po' del mercato dell'usato prima di finire qui in rottamazione.

Claudio – Lei, con i suoi quarantacinque anni di contributi obbligatori, passa direttamente dalla scuola al lavoro e dal lavoro alla RSA.

Maria Sole – Oppure al cimitero, così costerà anche meno…

Enrichetta – Anche perché con i suoi studi di medicina di sicuro non ha cominciato presto a pagare le tasse.

Claudio – Se non altro, quelli come lei, non dovranno andare lontano per passare dall'altra parte della barricata.

Maria Sole – C'è chi la chiama indipendenza, come se lavorare dieci ore al giorno per un capo per mezzo secolo fosse un atto di libertà.

Gli ospiti escono, lasciando Roberto un po' interdetto malgrado tutto.

Roberto – Spero non ve ne stiate andando per colpa mia.

Claudio – No, tra poco si mangia.

Enrichetta – Andiamo a darci una sistemata giusto per non sembrare dei derelitti.

Maria Sole – E non togliere l'appetito agli altri.

Claudio – Già quello che ci ritroviamo nel piatto ha ben poco di appetitoso…

Roberto – Beh, allora… Buon appetito!

Escono. Entra la direttrice.

Natalia (*preoccupata*) – Ah, Roberto, ti stavo giusto cercando.

Roberto (*avvicinandosi a lei e cercando di afferrarla per la vita*) – Come sei bella, stamattina, Natalia!

Natalia (*svincolandosi*) – Datti un contegno, per cortesia! Qualcuno potrebbe vederci.

Roberto – Chi se ne frega! Visto che stiamo per sposarci.

Natalia – Non è ancora ufficiale.

Roberto – Ma ci amiamo, ed è quello che conta. E poi te l'ho già spiegato: con la tua RSA e la mia clinica privata conquisteremo il mondo!

Natalia – Come no… Anche se la nostra missione dovrebbe essere innanzitutto il benessere degli anziani.

Roberto – Ma naturalmente. Cosa dovevi dirmi di così importante?

Natalia – Ecco… Mi vergogno un po'… Non ne sono ancora sicura ma…

Roberto – Sei libera per cena?

Si avviano verso l'uscita.

Natalia – Ne riparliamo più tardi, è meglio.

Escono.

Buio.

Pomeriggio

Nel salone, Claudio ha riconquistato la sua poltrona e osserva Maria Sole che lavora a maglia con aria un po' stizzita.

Claudio – Dai, Maria Sole, non fare quella faccia… Sono sicuro che presto si libererà un altro posto al tavolo del capitano.

Maria Sole – Lo spero proprio.

Claudio – Cosa stai sferruzzando? Una sciarpa?

Maria Sole – È una sorpresa.

Claudio – E per chi?

Maria Sole – Forse per te.

Entra Bianca con Onorato.

Claudio – Allora Bianca, che gliene pare del nostro ristorante?

Bianca – Quale ristorante? Ho mangiato in mensa.

Onorato – Noi la chiamiamo ristorante.

Bianca – Allora è da tanto che non ne vedete uno vero. (*A Maria Sole*) Cosa stai sferruzzando, vecchia tartaruga? Una rete? Pensi forse di darti alla pesca d'altura?

Claudio – Penso sia una sciarpa.

Bianca – Non per me, spero.

Maria Sole – Non si può mai sapere.

Claudio – È una sorpresa.

Onorato – A me sembra piuttosto una corda…

Claudio – Una corda di lana?

Onorato – Se non altro, chi la userà per impiccarsi non rischierà il raffreddore.

Entra Carolina con il nuovo numero di "Focus".

Carolina – Ecco qua qualcosa da leggere… Il nuovo numero di "Focus", come ogni mercoledì.

Bianca si appropria della rivista a danno di Claudio che stava per prenderla.

Bianca – Finalmente scoprirò se ho vinto.

Carolina mette un po' d'ordine.

Carolina (*a Maria Sole*) – Molto bello quello che sta sferruzzando… Cos'è?

Onorato – Non lo sappiamo.

Carolina – Comunque sembra molto caldo.

Maria Sole – L'importante è la robustezza…

Carolina – Ah, certo, anche quella.

Entra Enrichetta.

Enrichetta – Finito quello, ti toccherà fare una tutina per neonati.

Carolina – Neonati? Perché, chi è incinta?

Enrichetta – Piacerebbe tanto saperlo anche a noi.

Bianca sfoglia la rivista e di colpo il suo viso s'illumina.

Bianca – C'è il mio nome!

Enrichetta – Dove?

Bianca – Nel risultato del concorso, su "Focus"! Sono stata estratta! Ho vinto la crociera!

Claudio – Il primo premio? La crociera nel Pacifico? Con la Costa Deliziosa?

Bianca – No, il secondo! La crociera in Antartide! Con la Costa Uneuro!

Onorato – Complimenti! È proprio fortunata!

Maria Sole – Fortunata al gioco…

Bianca – È per due… Posso portarci chi mi pare… Scommetto che non ve l'aspettavate!

Enrichetta – Figuriamoci, cosa ci andiamo a fare su un transatlantico in Antartide?

Claudio – Non c'è neanche la piscina…

Maria Sole – Ma forse la pista di pattinaggio sì.

Carolina – Che bisogno c'è di andare in vacanza? Qui siete in vacanza ogni giorno.

Bianca – Per cambiare aria! Nella RSA c'è odore di chiuso.

Enrichetta – E quindi chi pensa di invitare in crociera con lei?

Bianca – Non so…

Onorato – Se ha bisogno di un cavalier servente…

Bianca – Servente? A cosa potrebbe servire una vecchia cariatide come lei? Secondo me non ce la fa neanche a portarmi la valigia!

Entra Roberto che, con discrezione, cerca di abbracciare o palpeggiare Carolina, che si svincola.

Roberto – Vi vedo allegri! Cos'è successo?

Claudio – Bianca ha vinto una crociera. In Antartide.

Roberto non sembra prendere la cosa sul serio.

Roberto – Che bella notizia, complimenti.

Enrichetta – Ah, dottore, le dispiace se le chiedo una cosa.

Roberto – Chieda pure, Enrichetta, la ascolto.

Enrichetta – In privato.

Roberto – Ehm, ehm.

Lo trascina un po' in disparte e gli mostra il test di gravidanza.

Enrichetta – È positivo o negativo?

Roberto (*interdetto*) – Lei è incinta?

Enrichetta – Non è mio! Lo abbiamo trovato stamattina sotto la poltrona di Claudio.

Roberto – Claudio?

Enrichetta – Beh, ovviamente non è neanche suo, cosa va mai a pensare?

Roberto sembra preoccupato.

Roberto – Può lasciarmelo? Farò una piccola indagine.

Enrichetta – Ma certo, poi però mi dica cos'ha scoperto!

Carolina – Forza, signori, è l'ora del riposino. Tutti a nanna!

Bianca – Il riposino? Non ho sonno, io.

Carolina – È il regolamento.

Onorato – Signorsì Signora!... Aveva ragione lei, Bianca, qui è un po' come nell'esercito.

Bianca – Ah, davvero? Anche nella fanteria di marina il turpe riposino è obbligatorio?

Gli ospiti escono. Enrichetta dimentica il suo scialle su una poltrona.

Roberto – Carolina, sei forse tu a essere incinta?

Carolina – Cosa?

Roberto – Non è tuo questo?

Le mostra il test.

Carolina – E se anche lo fosse?

Roberto – Non dirmi che vuoi tenerlo?

Carolina – No, sto pensando di donarlo alla Caritas, per metterlo a disposizione dei più bisognosi.

Roberto – Stammi a sentire, quello che c'è stato tra noi è… uno scivolone.

Carolina – Uno scivolone a valanga, visto il risultato di questo test di gravidanza.

Entra Natalia e Carolina esce.

Roberto – Ah, eccoti qua, volevo giusto parlarti.

Natalia – Sì, anch'io.

Roberto – Sei incinta?

Natalia – Santo cielo, no! Perché me lo chiedi?

Roberto – Scusami, non so più dove ho la testa.

Enrichetta ritorna per riprendersi lo scialle. Loro non la vedono e lei ne approfitta per restare ad ascoltare la conversazione.

Natalia – No, la faccenda che mi preoccupa è il tasso di mortalità in questa residenza. Negli ultimi mesi è aumentato in modo inspiegabile. Tu non te ne sei accorto?

Roberto – Hai ragione. In una casa di riposo è normale che i decessi siano superiori alle nascite, tuttavia…

Natalia – Di che nascite parli?

Roberto – E poi, in posti come questo, di solito le morti violente sono più rare rispetto a un penitenziario o un commissariato di periferia.

Natalia – Mi stai facendo paura, se sai qualcosa che non so, ti consiglio di dirmela.

Roberto – È a proposito di Adele…

Natalia – Adele?

Roberto – A quanto pare la sua morte… non è stata davvero naturale.

Natalia – Cosa te lo fa pensare?

Roberto – Non ne ho la certezza, ma ci sono comunque degli indizi che mi spingono a credere che…

Natalia – Quali indizi?

Roberto – Ecco… Tracce di strangolamento che ho rinvenuto sul suo collo, tanto per cominciare.

Natalia – No?

Roberto – E poi, la forchetta della mensa che ho trovato piantata nel suo petto.

Natalia – Santo cielo!

Roberto – Bisognerebbe poter fare un'autopsia per verificare che non sia stata anche avvelenata.

Natalia – Ma chi potrebbe avere interesse ad assassinare una donna di centotredici anni?

Roberto – Solo un vecchio di centododici interessato a entrare nel Guinness dei primati al posto suo.

Natalia – Tutto questo è molto increscioso. Qui è in gioco la reputazione della residenza. Ma ti rendi conto? Se i media venissero a saperlo, sarebbe la fine!

Roberto – Dopo il grande lavoro che hai fatto per ottenere un punteggio così alto sulla Guida Michelin delle RSA…

Natalia – Ci toglierebbero subito la terza stella, l'onore riservato a quelle residenze che ospitano più di venti centenari.

Roberto – E probabilmente anche la terza forchetta, visto che una è finita piantata nel petto di una vecchia.

Natalia – Secondo te dobbiamo avvertire la polizia?

Roberto – Non lo so… Per la legge, l'aborto non è reato… Quindi, arrampicandoci un po' sugli specchi, potremmo dire che anche porre fine all'agonia di una donna di centotredici anni non è reato.

Natalia – L'aborto non è reato per la legge dello Stato, ma per la Chiesa sì!

Roberto – E quindi che si fa? Ci molliamo la zappa sui piedi?

Natalia – Hai ragione. Per il momento è meglio condurre una piccola indagine interna per conto nostro.

Roberto – Sono d'accordo. Conta su di me. E poi, in fondo, stiamo per sposarci, no?

Natalia – Nella gioia e nel dolore…

Roberto – Resta da scoprire chi ha fatto una cosa del genere e perché.

Natalia – Secondo te è stato qualcuno del personale?

Roberto – Può essere… ma per quale motivo? Non ce la vedo un'infermiera strangolare una vecchietta con una mano e piantarle con l'altra una forchetta nel petto.

Si vede passare Bianca con la sua valigia in mano. Enrichetta sloggia per paura di essere scoperta.

Natalia – Bianca, dove sta andando?

Bianca – Parto per la crociera.

Natalia – No, aspetti un attimo, non può mica andarsene in questo modo!

Bianca – Perché no?

Natalia – Devo avvertire sua madre. No, voglio dire: sua figlia.

Roberto – E bisogna firmare la disdetta, cioè il rifiuto, del contratto di ospitalità.

Bianca – Il rifiuto? Ma certo, bravi, trattatemi come pattume già che ci siete!

Natalia (*a Roberto*) – Vado ad avvertire i familiari.

Roberto – Bianca, la prego, non vorrà mica lasciarci così? Può anche aspettare domani, in fondo. Prenda un po' d'aria sul ponte, e nel frattempo, io vado a riportare i suoi bagagli in cabina.

Bianca – Se questa è una nave io mi chiamo Mary Poppins.

Roberto – Signora Mary Poppins ci sono così tanti anziani su queste navi da crociera… che onestamente non credo ci vedrà molta differenza con una casa di riposo.

Bianca si risiede a malincuore, mentre Roberto porta via la sua valigia.

Onorato, Claudio e Maria Sole arrivano.

Onorato – La vedo un po' giù, Bianca, che succede?

Claudio – Possiamo aiutarla in qualche modo?

Bianca – Ho ottantasei anni, potete fare qualcosa contro questo?

Onorato – Ottantasei anni? Non li dimostra proprio!

Claudio – Io le avrei dato al massimo ottanta.

Entra Enrichetta.

Enrichetta – Che mi dite della nuova?

Claudio – La nuova? (*Indicando Bianca*) Beh, eccola qua!

Enrichetta – Non mi riferivo a questo. Adele è stata assassinata.

Claudio – No!

Enrichetta – L'ho saputo dalla direzione…

Maria Sole – Te l'hanno detto loro?

Enrichetta – Diciamo che ero nel posto giusto al momento giusto. Sta di fatto che tra noi c'è un serial killer.

Onorato – Chi ti dice che è uno di noi?

Enrichetta – A chi potrebbe venire in mente d'infiltrarsi in una casa di riposo apposta per ammazzare i vecchi?

Claudio – Hai ragione… In un campeggio vista lago di venerdì, può succedere, ma in una casa di riposo…

Maria Sole – Un serial killer?

Enrichetta – Non vi siete accorti che da qualche mese i centenari cadono come mosche?

Claudio – Ma chi può mai essere il colpevole?

Onorato – Forse qualcuno del personale.

Entra Carolina.

Enrichetta – Un assassino… o un'assassina.

Carolina – Una tisana digestiva, miei cari? Camomilla, tiglio, verbena?

Claudio – No, grazie, io sto bene così.

Enrichetta – Anch'io.

Carolina – Nessuno è interessato? Va bene, pazienza.

Carolina esce.

Enrichetta – E ha anche il coraggio di chiamarla tisana! Una sbobba avvelenata, altroché!

Bianca – E poi è a me che danno della matta!

Enrichetta – Figuriamoci se gliene importa qualcosa, visto che parte in crociera!

Onorato – Allora, Bianca, ha deciso con chi farà il viaggio?

Claudio – Lo chiede perché ha paura di restare qui, capitano?

Maria Sole – Il capitano dovrebbe essere l'ultimo ad abbandonare la nave, mi pare! Ricordo che durante il naufragio del Titanic…

Bianca – A quanto vedo, d'improvviso la crociera in Antartide interessa a tutti!

Enrichetta – Sa com'è, sempre meglio che restare qui a farsi ammazzare.

Bianca – Perché non tiriamo a sorte?

Enrichetta – Scriviamo i nostri nomi su dei bigliettini e li infiliamo nel cappello di Onorato. Poi, ne peschiamo uno.

Onorato – Va bene.

Onorato si toglie il cappello. Ognuno scrive qualcosa su un pezzo di carta e poi lo infila nel cappello in religioso silenzio, guardando di sottecchi gli altri.

Claudio – Una mano innocente che faccia l'estrazione?

Bianca – Dovrete accontentarvi di me.

Tensione generale. Pesca un biglietto e lo apre.

Bianca – Claudio.

Claudio sembra sollevato.

Claudio – Bene, auguro buona fortuna a tutti voi che resterete qui!

Carolina ritorna, con Roberto alle costole.

Carolina – Cosa state facendo? Cosa sono quelle facce da cospiratori?

Enrichetta – Giocavamo a *Cluedo*. Sa come funziona: si rischia sempre di farsi prendere la mano.

Carolina – Ah, e chi era il colpevole?

Maria Sole – La partita non è ancora finita. Sappiamo solo che il delitto è avvenuto in camera con una forchetta.

Enrichetta – Oh, non ricordavo di avervi raccontato anche questo.

Onorato si rimette in testa il cappello e tutti quanti escono.

Roberto, sottovoce, riprende la discussione interrotta con Carolina.

Roberto – Insomma, Carolina, non puoi tenerlo!

Carolina – Perché no?

Roberto – Lo sai che sto per sposare Natalia.

Carolina – Potevi pensarci prima… E se le dicessi che stai per diventare papà?

Roberto – Quanto?

Carolina – Ah, mi sono anche dimenticata di specificare che sono tre gemelli!

Roberto – Quanto vuoi per abortire?

Carolina – Che ne dici di ventimila?

Roberto – Dieci.

Carolina – Ok, ma l'assegno me lo fai adesso.

Roberto estrae un libretto degli assegni, ne compila uno e glielo porge.

Roberto – Ho la tua parola?

Carolina – Sempre che l'assegno sia coperto.

Esce.

Roberto – Almeno una faccenda l'ho sistemata… e mi costa comunque meno che pagare gli alimenti.

Esce anche lui. Bianca ritorna, seguita da Cristiana e Domenico.

Cristiana – Insomma, mamma, cos'è questa benedetta storia della crociera?

Domenico – Andiamo, non ha più l'età per partire per una spedizione in Antartide!

Bianca – È una crociera organizzata apposta per i vecchi! Era scritto sulla rivista.

Domenico – Sì, ma… ci sono vecchi e vecchi.

Cristiana – E poi è pericoloso. A volte le navi affondano.

Domenico – Ne va a picco almeno una al mese, in qualche parte del mondo.

Bianca – Alla mia età, ogni giorno è un continuo tentativo di salvarsi dal naufragio. Con sempre meno possibilità di salvezza, purtroppo.

Cristiana – Sei la solita! Non fai che vedere il lato negativo delle cose.

Domenico – Non si trova bene qui?

Bianca – Perché? Non ve l'hanno detto?

Cristiana – Detto cosa?

Bianca – Qui è peggio di un film dell'orrore! Il dottore esegue manipolazioni genetiche sugli ospiti e l'aiuto infermiera è una serial killer!

Entra Natalia.

Natalia (*a Cristiana e Domenico*) – Ho fatto un controllo sulla rivista "Focus". I risultati del concorso di cui parla Bianca non sono ancora stati pubblicati.

Cristiana – Ne è sicura?

Natalia – Sì, ho anche telefonato in redazione per togliermi ogni dubbio.

Cristiana (*a Bianca*) – Mamma, si può sapere perché ti sei inventata una storia del genere?

Bianca – Non lo so… Qua ci si annoia a morte… Volevo creare un po' di suspense.

Domenico – Complimenti, c'è riuscita.

Natalia – Mi dispiace di avervi fatto venire per niente.

Cristiana – No, stia tranquilla, sono io che…

Domenico – Gliel'avevamo detto… a volte la sua vena attoriale continua ad emergere.

Natalia – La riporto in camera sua.

Cristiana abbraccia Bianca.

Cristiana – Ciao, mamma.

Bianca (*sottovoce*) – La storia della serial killer è vera… Devi assolutamente tirarmi fuori di qui.

Cristiana – Certo, mamma, come no.

Anche Domenico abbraccia Bianca.

Bianca (*sempre sottovoce*) – Avvertite la polizia… ma non dite una parola in presenza della direttrice, fa parte di una setta satanica!

Domenico – D'accordo, faremo così.

Natalia – Venga Bianca, mi occuperò di lei.

Natalia la prende sottobraccio e la accompagna. Cristiana si gira verso Domenico.

Cristiana (*sospirando*) – Le tenta proprio tutte.

Domenico – Non ti preoccupare, andrà tutto bene. Le daranno un sonnifero e dormirà tranquilla come un bebè fino a domani.

Cristiana – Secondo te per farli dormire gli danno un sonnifero?

Domenico – Non lo so, suppongo… Io a lei lo darei.

Abbraccia Cristiana per confortarla.

Cristiana – A proposito di dormire come un bebè, forse questo non è il momento giusto e nemmeno il luogo ma… c'è qualcosa che devi sapere.

Domenico – E cioè?

Cristiana – Ecco, c'è il rischio concreto che l'anno prossimo tu non riesca a dormire la notte.

Domenico (*al settimo cielo*) – No?

Cristiana – Ha funzionato! Sono incinta!

Domenico – Non ci credo, che gioia!

Cristiana – Alla mia età, sembra quasi un miracolo. Stavo aspettando i risultati degli esami del sangue per esserne sicura, anche perché non so più che fine ha fatto il mio test di gravidanza. Forse l'ho perso qui dentro stamattina.

Domenico – E dimmi… È maschio o femmina?

Cristiana – È ancora troppo presto per dirlo, ma il ginecologo mi ha assicurato che sarà quasi sicuramente un essere umano. Diventerai papà!

Domenico – Dobbiamo festeggiare! T'invito al ristorante!

Fanno per uscire. Domenico tira fuori un sigaro.

Cristiana – Non penserai di accenderlo qui?

Domenico – Oh, alla loro età un po' di fumo passivo non gli accorcia più di tanto la vita.

Cristiana – Mi riferivo al bambino.

Domenico mette via il sigaro.

Domenico – Hai ragione, lo accenderò quando saremo usciti.

Cristiana – E pensare che adesso ci toccherà cercare un posto all'asilo nido!

Domenico – Di già?

Cristiana – Ma certo, è come per le case di riposo! C'è sempre una lista d'attesa.

Escono.

Entrano Roberto e Natalia.

Natalia – Sospetti di qualcuno in particolare?

Roberto – Non so, forse qualche aiuto infermiera.

Natalia – Carolina?

Roberto – Perché no? Forse si è servita di una forchetta per confondere le acque.

Natalia – Ma comunque… la forchetta di una mensa… mi sembra un modo discutibile di abbreviare le sofferenze di qualcuno.

Roberto – Forse ha agito su commissione. Per denaro.

Natalia – Una sicaria a pagamento?

Roberto – Ho le mie buone ragioni per credere che sarebbe capace di uccidere per soldi.

Natalia – Ma chi potrebbe avercela a tal punto con una centenaria? I suoi eredi? Sapevano già che non le restava molto da vivere. Se è così ne hanno anticipato la morte solo di un paio di mesi.

Roberto – Ma lo stesso non vale per chi aspetta che qui si liberi un posto per la madre per togliersela dai piedi… La maggior parte delle persone ucciderebbe per un posto all'asilo nido, figuriamoci in casa di riposo.

Natalia – La figlia di Bianca?

Roberto – Oppure il suo compagno.

Natalia – Non so, comunque non dobbiamo trascurare le altre piste… Hai nuovi elementi sulla vittima?

Roberto – L'autopsia approssimativa, che ho compiuto con gli strumenti a disposizione, rivela che è morta dopo aver mangiato spaghetti al ragù.

Natalia – Pensi che sia stata colpa di un'intossicazione alimentare?

Roberto – Non credo. Io li ho mangiati ieri sera e non sono morto.

Natalia – Altre notizie utili?

Roberto – Sì… Prima che le venisse piantata la forchetta nel petto, è stata strangolata con una sciarpa sferruzzata a maglia. Ho trovato un frammento di lana sul suo collo.

Natalia – Lavoro a maglia. È una pista interessante, credo che dovremmo interrogare gli altri ospiti.

Roberto – Dopo cena, allora. Adesso sono tutti al ristorante.

Natalia – Stasera cosa mangiano?

Roberto – Spaghetti.

Natalia – Ancora!

Roberto – Erano avanzati quelli di ieri sera! E siccome la maggior parte di loro non si ricorda cosa ha mangiato il giorno prima…

Natalia – A questo punto ci conviene ordinare cinese.

Buio.

Sera

Siamo sempre nella casa di riposo, ma l'atmosfera è da sala interrogatori di un commissariato di polizia. Come nelle serie americane, Roberto sta mangiando cibo cinese con le bacchette da un contenitore di cartone. Natalia recita la parte del poliziotto cattivo e interroga con pugno di ferro Enrichetta, in pigiama, seduta se possibile su una sedia a rotelle, con una lampada da ufficio puntata in faccia. Natalia sembra una vera torturatrice. Brandisce la forchetta che costituisce l'elemento probatorio.

Natalia – Quindi lei ammette di avere già visto questa forchetta da mensa prima d'ora?

Enrichetta – Certo che sì.

Natalia – Sul luogo del delitto?

Enrichetta – Certo che no.

Natalia – Ah! E allora dove?

Enrichetta – Beh, in mensa.

Natalia – Non mi prenda per i fondelli, Enrichetta!

Enrichetta – È una forchetta da mensa! Guardi, c'è ancora del ragù appiccicato sopra.

Roberto (*intervenendo*) – Quello, mia cara Enrichetta, è tutto tranne che ragù, mi creda!

Enrichetta (*sbadigliando*) – Se non vi dispiace, andrei a letto, comincio ad avere sonno.

Natalia – Non ho alcuna fretta, tesoruccio. Posso stare qui tutta la notte, se necessario.

Enrichetta – Di solito, alle otto e mezza siamo tutti già a letto.

Natalia – Allora, ricominciamo dall'inizio! Nome, cognome, professione, data e luogo di nascita!

Enrichetta – Posso avere la mia tisana, adesso? Me la bevo sempre guardando alla TV il mio giallo preferito.

Natalia (*esplodendo*) – Stai scherzando, delinquente!

Roberto cerca di calmarla con un gesto e, recitando la parte del poliziotto buono, la sostituisce nell'interrogatorio.

Roberto – Enrichetta, andiamo, lei mi conosce, no? Io le voglio bene. Sono il suo medico. Se ci dice semplicemente quello che sa…

Enrichetta – A che proposito?

Roberto – Per esempio, negli ultimi tempi ha forse visto qualcuno intento a sferruzzare?

Enrichetta – Ho visto Maria Sole lavorare a maglia una sciarpa di lana… che sembrava tanto una corda.

Roberto si scambia uno sguardo d'intesa con Natalia.

Roberto – Maria Sole…

Natalia – Ma perché l'avrebbe fatto?

Roberto (*a Enrichetta*) – Maria Sole aveva forse una ragione particolare per avercela con Adele?

Enrichetta – Beh… È da tanto che Maria Sole aspetta che si liberi un posto al tavolo del Capitano.

Roberto – Mio Dio, ma certo… Morta Adele, il posto se lo becca Maria Sole, è logico.

Natalia – Maria Sole, chi l'avrebbe mai detto. Mi è sempre sembrata un angioletto.

Roberto – Adesso bisogna trovare il modo di farla confessare… con o senza aureola.

Natalia – Lei adesso può andare a dormire, Enrichetta. Ha fatto il suo dovere.

Enrichetta si alza brontolando.

Enrichetta – Speriamo che il giallo non sia ancora finito, è da settimane che aspetto di scoprire il colpevole.

Esce.

Roberto – Andiamo a cercare Maria Sole… prima che uccida qualcun altro.

Natalia e Roberto escono. Entra Claudio, si siede sulla sua poltrona e legge "Focus". Entra Maria Sole con la sciarpa in mano.

Maria Sole – Allora, Claudio, hai proprio una gran bella fortuna! Sei l'eletto. Partirai in crociera con Bianca.

Claudio – Ti confesso che mi sento sollevato, sì. Ho una tale paura che ci avvelenino… Mi sa che gli spaghetti al ragù mi sono rimasti un po' sullo stomaco.

Maria Sole – Sì, anche ad Adele erano rimasti sullo stomaco.

Claudio – Eppure mi piacciono tanto. Peccato non ce li servano spesso. Allora, l'hai finita quella sciarpa?

Maria Sole – Sì.

Claudio – E per chi è?

Maria Sole – Per te! Ti servirà di sicuro durante la crociera in Antartide. Se permetti, te la avvolgo attorno al collo per provartela.

Maria Sole fa per afferrare Claudio da dietro con la sciarpa e strangolarlo. L'arrivo di Roberto e Natalia la interrompe, e quanto vedono conferma i loro sospetti.

Roberto – Eccola qua, colta in flagrante!

Natalia – Claudio, per cortesia, ci lasci soli.

Claudio – Ma io…

Roberto – Togliti dai piedi!

Claudio esce.

Roberto (*a Maria Sole*) – Anche Claudio, adesso, ma perché?

Maria Sole – Per andare in crociera al posto suo! Mi sono sempre piaciute le crociere: vi ho già raccontato che ero sul Titanic quando è affondato?

Roberto (*a Natalia*) – Adesso che ne facciamo di lei?

Natalia – Non lo so.

Roberto – Non possiamo consegnarla alla polizia alla sua età.

Natalia – Anche se ammetterai che sferruzzare a maglia l'arma del delitto comporta una certa premeditazione.

Maria Sole – Vi informo che la demenza senile in tribunale va forte come motivo di assoluzione.

Roberto – Forse possiamo sistemare le cose tra noi.

Natalia – Maria Sole, quanti anni ha?

Maria Sole – Ne ho compiuti centoundici la settimana scorsa.

Natalia – Senza di lei, ci resterebbero solo diciannove centenari… e perderemmo la terza stella Michelin delle RSA.

Roberto – Te la cavi con poco, delinquente!

Natalia – Almeno fino a quando un altro ospite non compirà cent'anni.

Maria Sole – Sempre che non gli capiti qualche disgrazia prima.

Natalia e Roberto la guardano preoccupati.

Buio.

Un anno dopo

Tre delle poltrone del salone sono occupate da Natalia, Roberto e Carolina, molto affaticati se non addirittura prematuramente invecchiati.

Natalia – Non ne posso più.

Roberto – Ed è appena mezzogiorno.

Carolina Andrà a finire che ci lasceremo la pelle.

Natalia – Non vedo l'ora di andare in pensione.

Entrano i cinque ospiti, visibilmente ringiovaniti.

Enrichetta – Beh, cosa sono quelle facce da morti viventi?

Roberto – Vedo che a voi, in compenso, la crociera finta che poi si è rivelata vera ha fatto un gran bene.

Bianca – Ah, sì, siamo in formissima. Vero, Capitano?

Onorato – Siamo ringiovaniti di vent'anni.

Claudio – E presto qui qualcuno si sposerà, vedrete.

Maria Sole – Per non parlare di quei prodotti a base di meduse che ci avete portato…

Claudio – Ah, sì, davvero fantastici!

Entrano Cristiana e Domenico con una culla che presumibilmente contiene un bebè.

Cristiana – Buongiorno a tutti.

Natalia – Buongiorno.

Domenico – Signora direttrice.

Cristiana – Come va? Vi trovo un po' stanchi.

Natalia – Avevate ragione. Sono loro che seppelliranno noi.

Domenico – Bianca, ecco qua la sua nipotina.

Bianca – Ah, sì, ma come mai è così sciupata?

Enrichetta – È vero, sembra quasi avere più rughe di noi.

Onorato – Le converrebbe essere in forma…

Maria Sole – Visto che sarà lei a pagarci la pensione.

Onorato (*a Cristiana e Domenico*) – Oh, ma anche voi avete l'aria stanca, mi pare!

Domenico – È che la birichina ci tiene ancora svegli la notte!

Claudio – Non fate tanto chiasso, non vedete che dorme?

Onorato – È tutta sua madre, non credete?

Maria Sole – E chi sarebbe il padre? (*Tutti si guardano perplessi*) Sto scherzando!

Claudio – Bene, allora, cosa potremmo mai augurare alla cara piccolina?

Enrichetta – Capitano, vuole dire due parole di benvenuto.

Onorato si schiarisce la voce e poi inizia il discorso.

Onorato – Se la vecchiaia è un naufragio, come diceva non so più chi, è perché la vita è una crociera sul Titanic. Alcuni si stravaccano sulla sdraio sul ponte, mentre altri remano sotto coperta. Ma tutti quanti prima o poi finiremo in pasto alle meduse. Quindi, nell'attesa dell'inevitabile scontro con un iceberg, tanto vale che chi può faccia tintinnare, al suono dell'orchestra, i cubetti di ghiaccio che ha nel bicchiere.

Brindano.

Tutti (*in direzione della culla*) – Benvenuta a bordo!

Musica. Accennano qualche passo di valzer.

Buio.

FINE DELLA COMMEDIA

Questo testo è protetto dalle leggi che tutelano i
diritti di proprietà intellettuale.
Ogni violazione è punibile con una multa fino a
300.000 euro e con la reclusione fino a 3 anni.

Marzo 2023

Printed in the USA
CPSIA information can be obtained
at www.ICGtesting.com
LVHW011737200324
775044LV00037B/494